인생
이모작

석옥자 제2시집

시음사
시사랑 음악사랑

새로운 삶에 도전하는 시인 석옥자

석옥자 시인의 첫 시집에서 독자는 시인의 삶을 볼 수 있었다. 이제 2집 원고를 탈고하고 출판사에서 교정을 보기 위해 시인 부부가 출판사를 찾았다. 참 행복한 부부였다. 공직으로 평생을 함께한 부군과 이제 내 삶을 찾겠노라 선언하고 시를 쓰기 시작했다는 석옥자 시인이다. 시인의 최고 독자는 시인의 남편이라며 환한 웃음으로 작품을 설명하는 모습에서 시인의 삶이 그리고 시인의 자아와 화두가 무엇인지를 엿볼 수 있었다.

석옥자 시인은 현대적 서정성을 내포한 작품의 시를 쓰는 시인이다. 시를 읽는 독자와 같이 공감성을 형성할 수 있는 작품들이기에 많은 독자층을 가지고 있는 시인이다. 적절한 표현력으로 은유와 환유의 기법을 잘 살려가면서 문장을 이끌어가고 있기 때문일 것이다. 서정시에는 인간 그 자체의 존엄이 나타난다고 할 수 있기에 서정시는 주관적인 개성의 문학인 동시에 시인 자신의 감정표현을 함으로써 독자들에게 대리 만족의 기쁨을 가지게 하면서 독자를 이해시킬 줄 아는 시인이다.

첫 시집 "해 뜨는 태양"에서 보여 주지 못했던 시인의 주변 인물과 세상사는 이야기를 시로 형성화한 작품을 이번 제2집 "인생 이모작"이라는 제호로 다시 독자를 만나려 한다. 누구의 아내에서 또는 누구 엄마로 살아온 삶에 자신의 이름 석 자를 걸고 자신만의 세계를 열었다. 그리고 또 다른 세상에서 자신만의 인생 이모작을 하고 있는 시인의 심상[心象]을 함께 감상해보자. 석옥자 시인의 두 번째 시집이 시를 좋아하는 사람과 시를 좋아하지 않는 사람까지 독자로 할 수 있는 기회가 되길 바라며 기쁜 마음으로 추천한다.

사단법인 창작문학예술인협의회 이사장 김락호

시인의 말

저의 삶이 고스란히 담긴 제2 시집
"인생 이모작"
제2 시집으로 독자를 만나고자 합니다.

제1 시집 "해 뜨는 태양"으로 독자에게 첫선을 보였지만
풋향기가 나기도 했습니다.

2시집에는 더 감칠맛 나게 정성을 다해 집필했습니다.
미숙한 점 있더라도 농익어 가는 과정으로 바라보며
넓은 마음으로 많이 사랑해 주시길 바랍니다.

독자의 가내 행운과 행복이 늘 함께하시고 영원히 사랑하
고 존경하겠습니다.

좋은 만남으로 소통하며, 자연을 사랑하고, 그러면서 시를
짓는 사람으로 살아가겠습니다.

시인 **석옥자**

본문
노래,시낭송
감상하기

QR 코드 스마트폰으로 QR 코드를 스캔하면
        노래, 시낭송을 감상할 수 있습니다.

 제목 : 홍매화
          시낭송 : 박영애

 제목 : 친정 올케언니 임 여사
          시낭송 : 박영애

 제목 : 칭찬의 메시지
          시낭송 : 박영애

 제목 : 가을이 물들었다
          시낭송 : 박순애

 제목 : 푸른 바다
          시낭송 : 최명자

제목 : 사돈댁 고희연
시낭송 : 박영애

 제목 : 가방끈 우정
시낭송 : 박영애

 제목 : 평은초 총 동창회
시낭송 : 박영애

 제목 : 4형제 둘째 언니야!
시낭송 : 박영애

 제목 : 사랑과 미움
작곡, 노래 : 정진채

시인은 자연을 이야기하고
시낭송가는 자연을 품었다.
글라는 날개를 달아 언어로 날고
소리는 자연에 눕는다.

*** 목차 ***

*** 목차 ***

*** 목차 ***

*** 목차 ***

홍매화

홍매화와 개나리는
꽃들의 축제에 불타고 있다
흐드러지게 꽃망울 터트린
홍매화여.

꽃비가 내리면 꽃들도 울고
하늘도 운다.

꽃비는 하늘의 눈물이다
꽃이 아프면 꽃을 품은
산과 들녘도 아프다.

산들바람 흩날려 후루룩
낙화 되는 홍매화여.

안타까워 눈으로 주워서
내 마음에 담아본다.

제목 : 홍매화
시낭송 : 박영애
스마트폰으로 QR 코드를 스캔하면
시낭송을 감상할 수 있습니다.

바람든 무

무생채 한다고 깨끗이 씻어
반 토막을 내었더니
바람이 들어 숭숭 구멍이 났다.

세상 구경 못 하고 독에 담긴 외로움이
얼마나 힘들었으면 바람이 들었지
머리 쪽은 더 심하게 구멍이 났다.

겉모양은 멀쩡해 보이지만
그 속은 많이도 아팠나 보다.

누군가 그리워 구멍 난 너처럼
나도 새파란 그리움에 젖어 뻥뻥
바람 들어 봤으면 좋겠다.

바람아 불어라

이른 아침 맑아야 하는 공기가
백내장을 앓는 듯 희미한 하늘이다.

미세 먼지가 뿌옇게 시야를 가려
뜨는 해가 달처럼 보이고
밤인지 아침인지 덜 깬 새벽인지
구름도 숨 쉴 수 없는 탁한 공기가 답답하다.

가시거리가 잘 보이고
파란 하늘이 살아 숨 쉬게
허공에 공기청정기를 매달아 놓듯
바람아 세차게 불어라

다시 못 올 유배지로 몰아내자.

대중교통 티켓

버스를 아주 오랜만에 탔다
타면서 표를 찍을 때 감지기가 감사합니다
또 어떤 사람은 환승입니다
하면서 소리가 달랐다

참 신기한 표도 있구나!
나도 환승 표로 바꾸어야겠다고 생각했다

"아줌마 환승 표가 필요한데 얼마예요?"
"버스 첨 타세요? 손에 쥐고 있는 표로
처음 타고 내릴 때 감지기가 '하차' 하는 소리
들리도록 꼭 찍으셔야 합니다.
버스 갈아타면서 감지기에 찍어보세요"
'네' 하고는 버스를 바꾸어 타면서 찍어보니 '환승입니다'
소리가 들린다.

돈으로 따지면 1천 이백 원 껌값이지만
같은 표로 두 번 갈아타는 교통수단 성공에
신기하고 기분이 좋았다.

시기와 질투

우정과 사랑도 너무 가까운 것보다
은은하게 지내는 것이 영원한 것이다.

가까운 사람일수록 한번 삐딱 선을 타면
골이 깊어져 헤어나기가 어렵다.

예약된 티켓은 어김없는 시간에 도착하지만
사람의 마음은 계절처럼 바뀌는 것이다.

시기일 수도 있고 심술일 수도 있고
질투일 수도 있고 사람이기 때문에 본능이다.

얼굴이 다르듯이 가치관이 다르기 때문에
은은한 사이로 지내면 생수처럼 질리지 않는다.

인생 이모작

나의 인생은 나름 행복을 추구하면서
백세시대에 사랑하는 이와 둥지를 틀어
열심히 앞만 보며 함께 지내 온 날들

나로 걸어온 발자취는 까마득히 잊고
아이들 엄마가 되는 날부터 가사 도우미로
매일 쳇바퀴 돌 듯 방정식 수학 풀이하듯
살림 밑천이란 빚더미는 등에 업어도
초년고생은 값진 것이라는 속담을 새기며 살았다.

이제 고희연을 맞이하면서 슬픔보다는
백세 시대의 이모작은 고희연 소풍이라고
아침에 뜨는 해가 희망을 준다.

나의 인생 후기는 여행을 하며 견문을 넓히고
새로운 환경 조성으로 마음의 활력과 더불어
소풍 같은 인생 이모작 힘차게 열어간다.

당신께 작은 선물

따뜻한 바지가 눈에 보여서
처음으로 선물했더니 작은 것에
마냥 아이처럼 좋아하는 모습을 보며
나도 즐거웠습니다.

품도 딱 맞고 모양새 난다고
마음에 들어 하는 당신을 보니
여태 선물하나 해 준 적 없는 아내로
밥하고 빨래하고 그것이 다인 줄 알고

아내에게 사 주는 것은 남편인 줄만 알다가
부부의 정이 이것이라는 것 이제야 느끼며
미안스럽고 받을 줄만 알아서 참 죄송합니다.

아이들은 나이를 먹을수록 더해가지만
우리 나이는 먹을수록 점점 줄어드니
이제 서로 멋스러운 옷 사 입고 여행도하면서
즐기면서 맛깔나게 살아요.

하기 동창회

오월의 보리 향기 풍기는 내 고향
추억이 서려 있는 내성천 강나루
동무들이 손짓하는 곳으로
내 마음 물결처럼 설렌다.

꿈을 키우며 힘차게 뛰놀던 운동장
우리들의 학교도 물속에 잠기고
수초처럼 도란도란 정겹던 동무들
눈 부신 햇살에 푸름이 익어가고

하얀 물안개처럼 피어나는 옛 추억
시냇물 강가에 낭만이 서려 있는 내 고향
산들바람처럼 내 마음 흔들린다.

친정 올케언니 임 여사

내 나이 여섯 살 때
이팔청춘 낭랑 18세 분홍치마 노랑 저고리 입고
석씨가문 뿌리가 되어 가마 타고 시집오던 어언 60회
명주실보다 더 고운 임 여사 덕분에 우리 형제
모두 다 보듬고 호랑나비 떼거리가 우글거리는
꽃밭에 꽃이 된 우리 올케언니 임 여사!

버팀목이 되어주고 손이 닳도록 궂은일도
척척 해결하는 지혜로운 천사 같은 언니가 있어서
가문에 기둥과 대들보가 쓰러지지 않고
항상 그 자라에서 지킴이가 되어준 임 여사!

삶의 무게가 무거워 고독하고 괴로울 때도
스스로 헤쳐나가는 언니를 볼 때 숙연 해 집니다.
한 시절 정승처럼 생활이 윤택했던 젊은 시절 봉사도
많이 하고 아낌없이 손을 내밀어 주시던 우리 오라버니
애태우던 뒤 수발 말없이 잘함으로 이 봄날 행복하지요.

백세시대 남은 삶 행복은 마음 안에서 오는 것
연기처럼 지나간 세월은 그저 운명인 것을
앞뜰에 호랑 나방이 뒤뜰로 고추잠자리가 되어준
오라버니와 술래잡기나 하면서 아름다운 꽃을 가꾸는
고운 나날 속에서 행복한 생활 하십시오. 사랑합니다.
존경하는 임 여사 울 엄마 닮아가는 올케언니!

제목 : 친정 올케언니 임 여사
시낭송 : 박영애

스마트폰으로 QR 코드를 스캔하면
시낭송을 감상할 수 있습니다.

영글어 가는 씨감자

몽글몽글 어린 감자가
비 오고 천둥소리 들을수록
줄기에 의존해서 햇빛 양지바르게
소나기 맞아도 끄떡없는 씨감자

힘찬 줄기에 뿌리를 내려서
하얀 속살 근육 튼튼히 단련하여
제 모양새 스스로 갖추고
날로 듬직한 손색없는 씨감자

각질 벗기려 깨끗이 씻을 때
볼수록 대견해서 실눈을 뜨고
안 본 척 못 본 척
매끈하게 무럭무럭 자라더니
꽃피는 춘삼월 오면 중학교 꽃밭으로
꽃씨 뿌리러 갑니다.

자아실현의 꿈

늦깎이 몇 계단을 한 땀 한 땀 딛고
끝도 보이지 않는 높은 바위에 떨어질 듯
벼랑 끝에 매달려 아등바등 바람결 타고
자아실현을 꿈꾸며 단계를 올랐다.

험한 산길은 나 스스로 헤쳐나가며
꿈길에도 배고파 김 서리는 밥솥에는
하얀 詩 꽃이 뿌리까지 피었던 꿈

자아실현의 길은 멀기도 한데
밥숟가락 詩 꽃을 꽉 깨물고 보니 꿈이었네.
십 년만 젊었으면 얼마나 좋으리오!

내 마음은 아직 피다 남은 꽃 같은데
나이테에 살찌운 붉어진 꽃 한 송이
서녘에 물든 노을도 검은 눈물 삼킨다.

대구의 젖줄 금호강 사계

봄이면 노란 유채꽃과 벚꽃 터널 꽃의 축제
안개 자욱한 강둑을 걷노라면
나래 펼치는 새들 노랫소리를 듣습니다.

여름이면 동촌 유원지 오리배가 연인들의
사랑을 싣고 놀이동산과 노천 수영장이
아름다움을 연출하여 자연을 깨웁니다.

가을이면 유혹하는 코스모스 고운 자태
각종 꽃의 이야기 눈과 귀를 즐겁게 합니다.

겨울 되면 힘차게 스케이트 타는 모습
썰매를 타는 꼬마들 정겹고 아름답습니다.

사계절 북 동구 거쳐 달성 습지까지
굽이굽이 흘러 아름다운 8경을 가로지르는
유일한 금호강 젖줄 낙동강으로 합류합니다.

재개발

30년 정든 집 아쉬운 이웃들
사랑이 묻어있는 가전품목
손때 묻은 생활 도구 필수용
다 폐기처분 하고
새로운 보금자리로 이사를 했다.

헌 집 사서 헐어 새집을 지을 때
고생이 콕콕 박힌 보금자리
입택(入宅) 할 때 무지무지 행복했다.

개발 때문에 주인 잃은 텅 빈 집!
동네에서 호화주택 1호라 했는데
새끼들 둥지 거기서 다 틀어 주고
사랑과 행복 추억이 담겨있는 보금자리!

오랜 세월 흐른 만큼
다시 헐어 고층으로 태어난다니
콧노래를 부르며 남은 생
희망과 쾌적한 사랑을 위하여 기대한다.

시아버님 기일 날

사랑하는 동서야!
나와 인연이 되어서 좋은 일, 더러는 고생도 많았고
시동생 장가 못 갈까 봐 왜 그렇게 안달이 났는지
나를 몰랐으면 부잣집으로 더 좋은 가문으로 갔을는지.

초년에 고생도 많이 했고
이제는 기반 잡아 즐거우니 황혼이네.
아버님 기일 날 이야기도 했지만
37년 전 선산으로 가시던 그해
참으로 추웠었지
난 생생하게 기억하고 있어.

시골 방은 어찌나 그리 작은지 VIP 손님들이 다 차지하고
우리는 마당에 모닥불 앞에서 몸을 의존하다가
누울 자리 못 찾고 새벽을 맞이했지.

아침 준비하느라고 부엌으로 이동해서
아궁이에 추위를 녹이며
하루를 젖은 손으로 시작했지
그때 참 수고했어.

그때는 상주가 세수하면 안 된다 해서
손수건으로 얼굴 문지르면 콧구멍에서
새카맣게 묻어 나와도 포동포동 예뻤지.

힘겨운 5일 장례 치르고
아버님의 명복을 빌어 드리니
이제는 겨울 가고 봄날에 꽃피었네.

가설극장

초등학생 때 우리는 면 소재지에서
그 동네에 최고로 고려당 같은 기와집에
신작로를 끼고 정유소 앞에 살았다.

가끔 장터에는 가설극장이 세워져서
방과 후 동무들과 놀이터로 논 기억이 어렴풋하다
제목이 이쁜이 하는 날에는 나는
언니들 치마폭에 몰래 쌓여 들어갔다.

배우 신성일 씨와 엄앵란 두 분의 주역
제목이 이쁜이가 들뜬 축제장이다
태어나 스크린에서 처음으로 영화를 보고
최고 일류의 배우들이라 잊히질 않는다.

강산도 몇 번 변하니 살다가 이런 일이
울 막내딸 결혼식에 두 분이 나란히
참석해서 식순을 끝까지 보시고
사진도 찍던 인연인데 큰 별이 떨어졌다.

Lets go swimming

처음 수영을 배울 때는 음파로
호흡을 감당하면서 온몸에 힘을 빼고
물에 몸을 맡기면 물은 마음껏 받아준다
꾸준히 수년을 하다 보면 중독이 되어
전신 운동인지라 하지 않으면 찌뿌듯하다

음: 할 때는 숨을 내뱉고
파: 할 때는 숨을 들이마신다.
처음은 자유형, 돌고래는 기본이고
자명할 때는 숨을 훅 들이켜서
25M 빠른 속도로 팔을 쭉 뻗고
물을 헤쳐 올라오면 개운하고 산듯하다

호흡이 안 맞으면 물을 꿀꺽 삼키고
코로 들어가면 눈 귀 팔다리까지
마비 현상을 겪으면서 물과 친해지면
사랑하는 임처럼 산듯하고 개운해서
물과 접촉은 중독성과 변하지 않은 사랑 같다.

옷장 정리

20대에 입던 풀 먹은 무명옷 원피스
유행이 지났지만, 옷장 안에서 변색도 되지 않고
그대로 지킴이로 걸렸네.

신토불이 이 옷을 입고 소풍처럼
살아온 나날
이제는 인생 수학여행 삶이다.

나이가 무거우니 외모도 상관없이
여름엔 통풍되는 시원한 옷이 좋고
가을엔 촉촉한 소재가 피부로 느껴 좋다.

푸른 잎 닮은 파릇한 맵시였던 그때의 옷이
수년이 지나서 유행으로 되돌아와
지난여름 사랑을 퍼부었다.

오랜 세월이 흘러도 변하지 않은 옷처럼
사람도 곱고 변색 되지 않으면
시샘도 없이 얼마나 좋으리.

여름을 삼킨 가을

40도 열기가 유난히도 덥던 올해
숲이 우거진 동촌 유원지 둔치
운치 있는 찻집으로 향했지

얼음 동동 띄운 냉커피를
앞에 놓고 빨대와 입맞춤하며
더위는 수다 속으로 기울어 녹았고

다시 팥빙수를 시켜 골고루 비벼서
장미꽃 향기 같은 정화야!
국화꽃 향기 같은 연남아!
복사꽃 향기 같은 연화야!
너 한 숟갈 나 한 숟갈

정다움을 음미하며 여름을 삼키고 나니
가을이 성큼 오는 소리 창가를 스치네.

대구역의 광장

임자 없는 기차는 목적도 없이
대구역 플랫폼을 힘차게 지나쳐
추억을 실었네.

단풍처럼 물들인 대구역 광장
희미한 옛 추억 누구를 싣고 가느냐고
지나치는 기차를 잡고 물어나 볼까?

개찰구에 나의 뒷모습 훔쳐본 너
나처럼 황혼의 그림자 밟으며
어디선가 유니폼 옛 추억 더듬을까?

드라마 같은 시나리오 우연의 일치
노트한권 돌돌 말아 내 어깨 툭 치던 너
지금 생각하면 아름다운 은빛 추억이네.

젊어지는 비결

늙으면 늙는 대로
온 세상이 아름다울 때가 있다면
꽃밭에서 아름다움을 찾아본다.

해마다 여름방학이 되면
꽃같이 아름다운 손자 손녀들과
어김없이 함께 모이면
나도 방학을 한 학생이 된다.

영화관도 가고 청소년 노래방도
따라가서 멋진 팝송 한 곡 부르면
슈퍼시인 파이팅 박수 소리에
내 마음 금세 꽃바람 타고 훨훨 난다.

마르니에 공원 근처 토요일의 열기
오페라 뮤지컬은 흥을 돋우고
물처럼 흐르는 세상이 아름다워라.

칭찬의 메시지

서울음대 합격한 장한 남유정!
사촌 동생들의 본보기가 되어주어서 감사하고
거리와 네 모교에 축하 플랭카드가 정말 멋졌어
부모의 은혜는 철이 든 후에도 고이 간직해야겠지
생활이 바뀌어도 침묵으로 불평 없이 기다린 서로의
신뢰 덕분에 온 가족이 행복하다고 고마움을 전한다.
유정아!
너의 엄마는 초등학교 때 바이올린 하고 싶다고
눈물을 줄줄 흘리며 뒤를 따라오는 모습 보면서
먹고 살기 바빠 못 들은 척 한 것이 뼈에 사무치게
가슴 아파 아직도 부모 노릇 못한 것 같았는데
이제 너의 엄마 소망했던 한을 대신 풀어 주었구나.

삼대라는 이름을 달고 우리 3명 유럽 여행 중에
함께 간 동료들이 식사시간에 고사리 같은 손으로
바이올린 연주하면 모두 다 기쁨조라 손뼉을 치며
크게 되겠다고 응원해주던 그분들이 생각이 난다.

새로운 시작으로 시야를 넓게 보고 더 열심히 분발해서
노력의 댓 가는 절대 배신하지 않은 다는 것을
명심하고 목표 달성의 아름다운 유종의 미를 거두어
최고의 바이올리니스트로 거듭나서 우뚝 서길 소망한다.

제목 : 칭찬의 메시지
시낭송 : 박영애

스마트폰으로 QR 코드를 스캔하면
시낭송을 감상할 수 있습니다.

사랑의 일생

봄 여름 가을 겨울이 있듯이
사랑도 아름답고 뜨겁고 냉정하고 매서울 때가 있다

인생살이도 사계절과 비교해 본다면
사랑도 계절처럼 온도가 내렸다 올라갔다 한다.

뜨거운 사랑을 하다 보면 권태기가 찾아오기 마련이고
뜨거움도 미지근해지기 마련이다

그러다 걷잡을 수 없는 사랑의 분쟁이 일어나도
선택된 사랑이기에 항상 밑져봐야 본전이다

끈끈한 정 때문에 미지근하게 느껴져도 선택된 사랑은
희생정신으로 버티면 어김없이 오늘도 해가 뜬다.

알콩달콩 살자

세상살이 힘들 때도 있지만
이왕이면 재미있게 알콩달콩 살자.

구름도 가끔 근심 덩어리 짊어지고 다니며
이곳저곳 하소연하듯 펑펑 눈물 쏟은 후
햇빛 쨍쨍 맑게 갠 하늘을 선물한다.

사계절 삶이란 좋은 일만 있으면 무슨 재미일까?
살다 보면 더러는 근심 걱정도 생기지
흐르는 강물에 씻어버리고 맑게 살자
잡념과 미움은 순풍에 돛을 올리듯
푸른 바다 산들바람에 날려버리자

석양에 물든 해가 귓속말로 속삭이듯
두 번째 인생은 없다고 무조건 자신을
사랑하며 살라고 지나는 바람도 일러준다.

가을비

메마른 가을날
그대 오기를 몹시도 기다렸습니다
이제나저제나 애타는 마음으로

후드득 후드득
귀에 익은 그대의 발소리에
붉어진 얼굴로 반갑게 맞이합니다.

세월이 흘러 그대가 날 못 알아본다 해도
나는 한눈에 알아볼 수 있으니
괜찮습니다.

그대와 흠뻑 애무한 이 가을
또 만나길 간절히 기다리며
그대 창가 바람 되어 이슬처럼 흘러내립니다.

듬직한 아들아!

지금까지 살아오면서 사랑해 아들아!
한 번도 말로 못 하고 글로써
표현한다는 사실이 미안하구나.

우리 가정을 잘 이끌어 주는
믿음직하고 자랑스러운 아들이
우리 집 기둥뿌리라는 것 인정한다.

맛있는 명물을 사 먹으러 다니고
내 멋대로 문화생활과 여가를 즐기며
심신이 이렇게 편히 지내는 것도
든든한 아들이 있기 때문이다.

동생들 두 가족이 뉴욕을 가면서
든든한 오빠가 있어
마음 편하고 즐겁게 갈 수 있다고 전화가 왔어

너희 삼 남매의 가족애를 지켜보면서
동생들께 인정받는 아들이 좋아서
글로서나마 엄마가 고맙다고 전한다.

아들아 사랑한다!

춘란의 향기

토기 화분에 아무도 봐 주는 이 없는
울안에 갇혀서 하늘만 바라보며
한 자락 미풍에 흔들려 피었구나.

영양제 같은 빗물만 먹고
빵끗빵끗 터져 웃는 모습이
나의 울타리 닮아서
하도 대견스러워 풍계 높은
꽃 중의 꽃이라고 칭하였네.

더운 여름 이겨내어 가을 오기 전에
우아하게 피워 낸 그 향기 천리만리
카카오 지인들께 세상 구경시켰더니
품계 높은 꽃이라고 칭찬이 자자하구나.

늙어서 사랑받는 너

호박꽃도 꽃이냐고
눈길 한번 안 주고 핀잔만 주더니
열매 맺고 노랑꽃 지니
가는 사람 오는 사람 웃음으로 바라보는구나.

밭고랑 패이듯 주름진 모습으로 익어가며
변해가는 모습이
마치 우리 인생과 같은 너
그래도 늙을수록 모두 다 좋아하고
사랑받는 것은 너뿐이구나.

운치 있는 찻집에도 장식장에 모셔두고
편히 앉아 호강 받고
늙어서 사랑받고 대접받는 것은
늙은 호박 너밖에 없구나.

행복한 하룻길

시누이 내외가 알뜰살뜰 가꾸고 꾸민
별장에 초대를 받아 오랜만에
형제들은 가벼운 마음으로 다 함께 모였다
소나무가 현관 앞에 버티어 인사를 한다.

방금 만든 시누이의 손맛 쑥떡이
시장기가 미각을 돋우고
철판에 구운 삼겹살은 상추에 말아
자비심을 잊고 혀를 자극한다.

오월의 마지막 주 지킴이 줄 장미는
울타리가 휘어지게 어깨 나란히 손을 뻗어
빵끗빵끗 활짝 피어 천하일색 미인으로
고운 자태로 뽐낸다.

운치를 더해주는 처마 끝에 달린 풍경 소리
정원 섶에 양귀비와 갖가지 꽃들의 감탄사!
접시꽃조차 6월에 핀다고 잔뜩 멋이 들어
꽃잎을 가득 담고 잎은 바람에 나부낀다.

동해 강구 여행기

지난날 더듬으며 힘차게 달려간
동해 강구 앞바다에 풍덩 빠져보자

푸른 바다에서 엉금엉금 기어 나온
대게가 창공에 걸려서 반갑기도 하다

알이 꽉 찬 다리와 몸까지 내어주고
대게 등은 밥그릇까지 되어주었구려

아메리카노 향기에 그날의 추억을
고즈넉한 커피집 액자에 담고 담아

푸름이 물결치는 잊지 못할 그 추억
책가방에 담아 두고 생각나면 꺼내보자

이팝나무

해마다 5월이 되면 하얀 이팝나무 꽃이
탐스럽고 흐드러지게 핀다.

보릿고개 시절 쌀밥이 귀할 때
보리밥 사이사이 하얗게 보이던 고봉밥
가는 곳마다 이밥이 매달렸다.

지는 꽃송이는 노릿한 누룽지 닮은
꼽꼽하게 뭉친 고소한 누룽지
이팝나무 아래 소복이 쌓였네.

가로수 모퉁이 길에 어린 소녀가
이팝나무 아래서 둘둘 말린 밥풀떼기
눈으로 뜯으며 사랑가를 부른다.

구속 없는 사랑

사랑이 뭐 별거인가
푸른 언덕에 자유롭게 피어나는
들꽃이 되어서 밤 되면 이슬과 맺고
낮에는 한가로이 꽃바람에 흔들리며
정겹게 피어나는 풀꽃을 사랑이라 하겠어.

모진 겨울 추위를 겪고
봄이면 찬란한 태양이 품어
잉태한 씨앗이 움터, 희망에 부풀어
미소 짓는 널 사랑이라 하겠어.

구애받지 않는 길섶에도
속옷 한 벌 걸치지 않은 맨몸으로
오들오들 떨 일도 없고
모진 겨울 겪으며 우리의 삶을 노래하듯
눈보라 이겨낸 자유롭고 화려한 널
사랑이라 하겠어.

만개한 벚꽃

벗들이여!
연분홍색 벚꽃이 흐드러지게 피었구려.
아마도 고운 빛깔은 우리가 사랑을
알듯 말 듯했던 색깔이 아니던가.

나는 벚꽃 핀 아름다운 터널 길을 보며
하염없이 벗님을 떠올리며 연분홍색
사이로 연둣빛 색깔을 만끽하며 걷네.

20대 우리들의 청아함을 떠 올리며
대롱대롱 매달린 꽃송이 자태가
우리를 닮은 곱디고운 색깔이 아니던가!

천국과 극락

한 줌의 재가 되어 슬피 우는 혈육의 정도 잊고
저승으로 떠난 슬픈 애도 "아이고, 아이고"
이미 가신 뒤 오열하는 슬픈 곡소리

한평생 고생만 하다 천사 되어 떠난다고
하얀 미소로 답하며 한 줌의 흙으로 돌아가는 길
아프고 시린 큰언니, 내 눈물로 닦아 주리오.

간밤에 소리 없이 눈이 소복이 쌓였고
하염없이 내리는 하얀 눈을 보는 순간
창문을 닫으며 뜨거운 눈물 울컥 쏟아져
땅속에서 추웠냐고 마음이 아려 옵니다.

그칠 줄 모르는 눈송이가 목화솜처럼
따뜻한 이불이 되었으면 얼마나 좋을까
가시는 길 다시 환생한다면 초록 잎으로
마른 가지에 살찌우시고 하얀 미소로
봄날에 새들과 벗이 되어 꽃피우소서.

친구야!

꽃 진 자리 얼마나 슬펐으리.

짝을 하늘로 보낸 가슴 짓눌린
날벼락 같은 아득한 소식에
나도 언젠가는 짝 잃은 슬픔에
세상을 다 버릴 것만 같은 공감

인류가 맺어준 필연적인 인연,

같은 길을 걸으며 의존하다가
예고 없이 찾아온 불청객
떠난 이를 그리워하며 쓸쓸해
하는 친구의 아픈 마음을
위로하는 명약이 될 수 있다면 좋으련만

봄 되면 피었다가 가을이면
모진 바람에 지고, 진자리
또다시 싹트면 만나지 않던가!

만나면 헤어짐이 순리의 법칙이라
힘들고 어렵지만, 마음 추스르고 힘내 친구야!
용기를 가지라고 위로의 마음 전한다.

하나 되는 결혼식

한 쌍의 신랑 신부가 탄생 되던 날
한세상 변치 말자는 골드 링 반지로
서로가 끼워주며 맹세하는 증표의 사랑
그 얼마나 아름다움인가!

가정을 이루고 삶의 질을 향상하는
한 쌍의 부부가 새로운 출발의 시점에서
한 걸음 한걸음 첫발을 내딛는 기다림
뭉게구름 피어나듯 화사한 부부의 탄생

서로의 개성을 존중하고 이해하며
입술을 스치는 사랑, 평화로운 한 가정의
반쪽이 하나 되는 세상은 더없이 아름다워라.

가을이 물들었다

곱게 익어가는 나뭇잎을 따와서
재봉틀에 콕콕 박아 박음질해서
각양각색 옷을 만들어 옷장에 걸어두고
가을이 가기 전에 색색이 입어볼까

노란 은행잎으로 하트 문이
만들어 임들이 보는 데서
살랑살랑 바람에 흔들어 자랑할까

드레스 만들어 파티에 입고 가서
갈바람에 젖었다고 정다운 임들과
뱅글뱅글 돌아볼까

가을이 물든 들녘 색상도 가지 각상
분홍색 황금색은 이불이나 지어서
밤 되면 임과 함께 따뜻하게 덮어볼까.

제목 : 가을이 물들었다
시낭송 : 박순애

스마트폰으로 QR 코드를 스캔하면
시낭송을 감상할 수 있습니다.

새해 첫눈

밤새 소리 없이 찾아온 하얀 눈이
해맑은 미소로 눈부시게 찾아와
허전했던 나뭇가지에 편지를 써서
꽃바람에 날려 보낼까

문득 맨 처음 내게 선물로 온 색동 장갑이
변색 되어 희미한 기억만 남긴 체
이제는 검은 장갑이 된 아름다웠던 그때 그 시절
추억 속에 묻어간 맑은 색동장갑이어라

변색 되어 낡아 버린 예쁜 장갑 서랍장에
두고 생각나면 꺼내보던 그때가 좋아서
첫눈 오면 눈 밟는 소리에 시린 줄도 모르고
까마득히 잊었던 오~장갑 곱던 시절 그리워라

"끼"

사람은 있는 "끼"를 다듬어 발휘하면
인생 삶의 질이 윤기와 향기가 난다

누구나 "끼"를 한 가지씩 가지고 있어도
창작을 안 하면 잠재력(潛在力)이다

거미줄처럼 얽힌 인연으로 강성문 목사님의
활기 넘치는 부흥회 설교를 세 번 들었다

"서론"에서 "풍성한 인생" 재목에 "끼"란
성공률이 더 높다는 감명 깊은 이야기다

"끼"라는 종류를 굳이 이야기한다면
아침, 점심, 저녁, 삼시 세끼.

나는 무종교이기 때문에 끼라는 단어에서
필수적인 생존으로 엮어 삶을 노래 해본다.

때로는 삼시 세끼 "끼"라는 한마디 글에서
성공과 일용할 양식이 풍성한 생명줄이다.

(湖亭) 호정님 전시회

사계절 국화꽃을 붓으로 긋고
가을풍경 피어난 전시장으로
菊花꽃 만나려 서둘러 꽃단장합니다.

빵긋빵긋 활짝 피어나는 들국화도
겹겹이 피어난 연보랏빛 구절초도
형형색색 미소가 아름답습니다.

전시장 벽에 걸린 대 작품들은
임의 붓 술 향기에 취하고
생동감이 물씬 풍기는 대국입니다

붓의 흔들림으로 피워낸 국화꽃
향기로운 임의 손맛 정겨움에
나도 함께 물들고 있습니다.

벌초하는 날

2천 평 되는 조상님 산소에
온갖 잡풀이 내 키만큼 자랐다.
집안에 젊은 분들이 기계를 둘러매고
깨끗이 베니 산소는 이발하는 날이다.

조상님 덕에 바비큐 축제 분위기
아직도 우리 가문은 예의범절과
반듯하게 체계가 잘 이루어지고 있다.

드디어 젊은 세대의 위력을 발휘한다.

제사도 줄이고 묘사도 벌초 후에 지내자고
개화 바람이 일고
젊은 세대들의 위력에 또 시대 반영에 따라
다수결로 드디어 찬성표를 던진다.

정유년을 보내며

보석보다 더 찬란했던 정유년 한해도
가족들의 건강과 사랑으로 보듬은
사랑 가득한 한 해가 떠날 준비를 합니다.

서로 신뢰하며 거름과 화목으로 새싹을
움트게 해서 거목으로 키워낸
수정처럼 맑디맑은 사랑하는 남유정
사랑과 감사로 한 해가 저물고 있습니다.

꽃밭에서 서로가 격려하며 아낌없이
축하해 준 문우님 모두 감사한 마음 전하고
사랑으로 귀히 여기며 눈처럼 녹아주던 한 해를
새로운 해를 위하여 조용히 떠나보냅니다.

새해 달력

12장 두툼한 달력을 벽에 걸면서
한해 내내 무사 안녕을 기원하던 날이
엊그제 같은데 이제 곧 아쉽게도
다시 올 수 없는 정유년 한 해를 보내고

새로운 희망이 넘치는 무술년 달력을
교체해 걸어야 하는 날이 열흘 앞으로
다가와 마음을 설레게 합니다.

새 달력에는 어떤 좋은 일이 생길지...

행복은 누가 가져다주는 것이 아니고
내 스스로 만들어 가는 것입니다.
오늘이라는 하루하루를 소중하고 고맙게 여기며
겸손과 따뜻한 마음으로 살아가길 바라며
새 달력을 벽에 겁니다.

은사님의 감사

중학교 영어 교과서를 받아들고
첫째 시간에 키가 훤칠하고 올림머리 하신
얌전한 몸매의 처녀 선생님이 들어오셨다

선생님 말씀이 귓전에 쏙 들어온 기억
자, 여러분 사람도 처음 보면 얼굴이 서먹해서
보면 익숙해지듯이 영어도 처음엔 생소하지만
자꾸 보고 읽고 쓰면 눈에 익습니다

선생님은 홍ㅇㅇ입니다. 간단히 본인 소개로
예쁘고 탐스러운 장미꽃처럼 한눈에 반해버렸고
아름다운 미모, 학생들의 마음을 사로잡았다

어느 날 결혼한다고 소문이 자자하더니
따님을 큰 인재로 키워낸 선생님!
포항공대 수시모집에 수재로 합격하는 날
세상은 더없이 아름답고 온 누리의 빛이더라.

이 나라 기둥으로 대들보가 될 "예 솔"
장미꽃 한 아름 드리우며 세상은 점점
밝아지므로 은빛 찬란히 곱고 아름다워라

필연적인 그늘

필연으로 소중히 만난 우리 두 사람
여기까지 올 수 있는 길이
험하고 가파른 길이었지만,

그래도 희망의 끈을 놓지 않고
종종걸음으로 달려온 지난날
좋은 날이 더 많았고
비 오고 바람 부는 날도 가끔은
있었지만,

그것은 꽃바람과 보슬비였네요
당신의 그늘이 너무 두터워
시야가 가려져서 멀리 내다볼 수가 없어
더러는 미울 때도 힘들 때도 있었지만,

이제야 그 그늘에서 땀을 말리고
바람막이가 되었다는 것을 깨닫고
점점 엷어지는 그늘이 안타깝습니다.

한해를 돌아보며

12월 화창한 어느 날
깃털처럼 생긴 하얀 구름이
드문드문 하늘에 수를 놓아
해맑은 웃음으로 다가옵니다.

나뭇가지에 마지막 남은 잎새도
올 한해 즐겁고 행복했노라고
내게 선물을 주듯 마음껏 웃습니다.

먼 곳에 사는 사랑하고 고마운 임들에게
나로 하여 상처나 받지 않았느냐고,
그리고 즐겁고 행복했냐고 안부나 묻고 싶습니다.

때로는 무심코 던진 말이 상처가 되었다면
저 하늘 깃털 같은 구름처럼 사르르 녹아내리고
선물처럼 웃어 버리는 것도 보약입니다.

오늘의 일기

11월에는 좋은 일이 많아서
바쁘게 다니다 보니 돈도 많이 쓰고
쓴 만큼 차에 가득히 담아 오니 더 기쁜 일이다.

학자금, 아파트 입주금, 결혼 축의금 3번, 여행비
팔순 축의금, 칠순 축의금, 시설 위로금 등
어머나 허리띠 졸려 매야지.

그러나 들온 것도 많이 있다
친구 농장에서 꿀사과 한 상자
올케언니네 땅콩, 깻잎, 마늘, 등 정성
둘째 언니네 김장배추랑 김치, 참기름, 고구마
고종 오빠네 안동 고추랑 참깨, 선량한 마음
외종 여동생 집에서 청국장 손수 띄운 것
시동생 동서 집에서 가져온 홍시와 감말랭이
이것이 우리가 살아가는 자연의 모습이다.

고민 발생

제각기 도마다 흩어져 사는 친구들과
평일, 주말 1박 2일의 만남을 어렵게 성사시켜
왕복 교통편도 예약을 했다.

아뿔싸! 이것 참 야단났네!
달력을 보니 하필이면 올케언니 팔순 날과
친구들의 만남이 겹쳐졌다.

친정을 가자니 친구들의 오해와
변명 같은 이야기로 우정에 금이 가고
모임에 가자니 가족끼리 간단히 식사만
한다 해도 미안한 마음이 들고...

아직도 마음을 정하지 못하고 한쪽은 포기해야 하는
광주와 영주 반대 방향처럼 고민하는 내 마음.

오색단풍

지난여름 땡볕에 그늘도 만들고
바람도 풀잎도 쉬어갔거늘
푸르던 그 시절 갈바람에
마음도 풀잎조차 붉게 타버렸네

가야 하는 그리움도 훌쩍 떠난
너의 뒷모습 낙엽에 내 곱던
젊은 청춘도 걸어두었거늘
무슨 미련을 두고 떠나려는가.

아직도 내 심장 한곳에는
아름다웠던 추억이 물들어
떠나는 너의 모습 빈자리엔
오색단풍 그리움 걸어두었으리

안나푸르나 일출과 설경

세계인이 모여서 만년설을 보려고 05시에
출발해서 멀고도 먼 카트만두 히말라야산맥
목적지 중턱 꼭대기 앞 좌석은 부지런한 분들
우리는 중간지점에서 어깨에 힘찬 날개를 폈다.

장엄한 해가 짙은 안개를 뚫고 앵두 같은
빨간 모습으로 빵긋이 웃으며
동그랗게 눈을 뜨고 숨겨둔 천년의 설산
알몸을 숨 가쁘게 서서히 속옷을 벗긴다.

아! 장관이야! 환호의 한마당
마주 보는 설산이 매일 기다렸다는 듯이
천년을 그 자리에 서서 장엄하게 떠오르는
해와 만날 수는 없어도 매일 아침 마주 봐야
아름다움을 연출하기 때문에 얼었던 설산을
햇빛으로 녹여주며 그렇게 사랑을 나눈다.

솜털 같은 이불을 덮어쓰고 서서히 드러낸
안개 틈새로 눈에 담고 스마트 폰에 담고
만년설의 눈과 빛이 반사되어 오늘도 내일도
영원한 안나푸르나 설산과 빛의 사랑이어라.

희귀한 인도 문화탐방

인솔자 없는 여행은 처음으로 시작한
뉴델리공항 모두 합류해서 16명
선호하는 여행객이 없어 5개월 동안 기다리다
성공적으로 이루어졌다.

힌두교 사원의 유례를 살펴보면
아직도 대대로 내림하면서 사원을 지키며
대가족이 방 한 칸씩 차지하며 살고 있었고
조각품이 서로 사랑하는 장면을 중간중간 넣어서
이색적인 종교라 기억에 남는다.

갠지스 강가엔 시신을 화장해서 뿌리고
빨래를 하며 식수로 사용하는 갠지스강물
죽음이 슬프지 않고 눈물도 흘리지 않는다.

몸이 아프면 시골 사람들은 항생제 나무로 삶아 먹고
죽음은 끝이 아니라는 것 다시 환생한다는 믿음으로
아버지의 상주는 맏아들, 엄마는 막내아들이 상주한단다.

푸른 바다

모래알처럼 헤아릴 수 없는 사람 중에
그대와 인연의 햇수도 겹겹이 포개진
협곡처럼 바람과 물이 만든 비단결은
그대 닮은 잔잔한 파도가 갯바위를 품었죠.

파도에 하얗게 부서지는 입맞춤이
파란 하늘 햇살 쏟아지는 바위섬
비취파라솔 아래 그대와 단둘이
모래알 헤아리며 사랑 노래 불렀죠.

눈부시게 금빛 찬란한 우리 사랑
파도는 하얀 물거품을 실어 나르는
천년의 갯바위에 사랑이란 두 글자
아름다운 협곡처럼 겹겹이 쌓았었죠.

제목 : 푸른 바다
시낭송 : 최명자

스마트폰으로 QR 코드를 스캔하면
시낭송을 감상할 수 있습니다.

시월의 마지막 밤

아무도 받아주지 않는 야심한 밤에
까닭 모를 쓸쓸함이 찾아와
편지를 쓰라고 잠을 깨웁니다

누구도 받아주지 않은 편지를 써서
물든 잎새에 꽂아두면 지나가는
뭇사람이 이 편지를 볼까요.

그래도 시월에는 좋은 일이 너무너무
많아서 보내기가 아쉽습니다.
내가 못해본 내 딸이 큰일을 해냈거든요

위험수위 험난한 머나먼 여행길
무사 안녕히 돌아와서 누구에게든
편지를 쓰고 싶네요.

아들이 보내준 즐거운 여행길
이 편지를 받아보는 이가 있다면
더더욱 행복할 것 같아요
시월이여 무지무지 행복했어요.

서울대학 음악대 합격

남유정 바이올리니스트
수험번호 820000번
2017년 10월 16일 오후 5시
합격이란 소식에 우리 가족 채팅방은
축제 한마당 이모티콘 뱅글뱅글 최고,
축하 메시지가 이렇게 행복합니다.

여러분 서울대학이란 아시지요?
아무것도 가진 것 없어도
이렇게 기쁜 행복을 앉아서 누립니다.

내 딸아!
유정이 매니저 하느라고 수고했어.
내가 못 해본 것 해냈으니 난 지금
손이 굳어 글을 쓸 수가 없어
심장이 뛰어서 맥박조차 빨라진다.

이런 만족을 느끼고 가슴 떨리는 날은
술이라도 배웠으면 얼마나 좋으련만,
행복이 넘쳐 마냥 기쁘고 좋아라.

아름다운 무지개

남유정!
오스트리아 빈에 갔을 때
모차르트 연주회 가는 중
맑은 하늘에 무지개가 떴었어.

그래서 예감했어
분명 내 외손녀 유정이가
서울대학 음대에 합격할 거라고
오스트리아 빈에서 떠 온 무지개를
계속 마음에 담아두고 생각나면 두 손 모았지

꿈은 이루어진다고
꾸준히 하는 너를 지켜보면서
서울대학 음악대에 합격할 줄
이미 알고 있었어.

최고의 바이올리니스트가 되어서
별처럼 빛나는 일류 스타가
되어주길 두 손 모은다.

사랑

내가 살아가는 이유 하나가 있다면
사랑을 먹고 살기 때문입니다.

사랑은 받는 것도 좋지만
사랑을 줄 때
내 맘에 활력소가 넘칩니다.

사랑한다는 것은 나의 존재를 확인하고
내 삶이 향상되기 때문에
더 넓은 세상을 바라볼 수 있고
사랑을 속삭이는 수많은 별처럼 빛이 납니다.

오늘도 거울을 보며 활짝 웃어 봅니다.
거울 안에 나를 닮은 여인도 따라 웃습니다.
우리 서로 사랑하나 봅니다.

다문화 혼사

박가 가문에도 개화 바람이 일고
세월은 흘러서 젊은 세대들이
깜짝 놀라게 하네요.

대만에 공부하러 간 집안 미령이가
하숙집 꽃미남을 우리나라 문화
보여주러 왔다고 데려오더니

달포 후 대만에서 결혼식을 한다고
참석 인은 신청하라는 연락을 받고
어리둥절했지만,

십 년이면 강산도 변한다니
시대변화에 따라 축하할 일이지요.

소꿉친구야

귀농한 60년 지기 소꿉친구가
보름달처럼 생긴 사과를 대형 상자에 가득히 담아
우체국 택배로 정성을 다해 보내준 빨간 사과를 보며
천진난만했던 모습으로 소꿉놀이하던
그때가 생각나 미소 짓네.

빛 좋고 달콤한 사과, 빨갛게 익도록
거름 주고 가지 치고 벌레 먹을세라
힘들게 자식 가꾸듯 고생했을 텐데
이만큼 보내자면 진한 우정이 서려 있지 않겠는가.

아삭아삭 한 잎씩 베물어 친구 마음을 달콤하게 먹으면서
대롱대롱 맺혀진 풋사과의 어렴풋한 어린 시절 모습이
이제는 우리도 붉은 사과처럼 익어간다.

빨간 사과 속살에는 노란 꿀이 박혀서
친구의 사랑을 사과나무 가지에 주렁주렁 걸어두고
매일 아침 금 사과를 입에 가득 아삭아삭 씹으며
친구의 향기를 음미하네.

살아진 맹꽁이

더운 어느 여름밤
부모님과 모깃불 피운 앞 마루에
삼베이불 덥고 누웠으면
옆집 경아네 논에서
개구리, 엉머구리, 맹꽁이는
번갈아 합창으로 노래한다.

개구리는 개골개골
맹꽁이는 맹꽁맹꽁
엉머구리는 무엇이 그렇게 슬퍼서
엉엉 울었는지 나도 더러는 엉엉
소리 내어 울고 싶을 때가 있다.

꼬맹이 그 시절 부모 형제의 추억
오페라 연주장처럼 밤마다 시끌벅적
논에서 노랫소리가 풍년을 알리는
시골 풍경의 그리움이 아련하다.

천주교 장례식

청천벽력(靑天霹靂) 같은 소식에
하늘도 놀라 달도 숨었네.

그렇게도 남다른 새끼들 못 잊어
한 줌의 재가 되어 어이 갔으리.

몸에 지니고 다니던 지식과
그 교양은 어디에 두고 갔는가?

둥지 꽃피우며 성경책 손에 들고
머플러 휘날리며 활력소가 넘치던 모습 생생한데
무엇이 그리 바빠 서둘러 가셨는가?

가시는 저 세상 길
고통 없는 즐거운 소풍 길 되시게나.

구절초 핀 시부모님 산소

산등성이 올라가는 길섶에
기다렸다는 듯이 보랏빛 구절초를
빵긋빵긋 바람에 흔들리며
곱게도 피우셨다.

어머니의 말씀
"어미야! 해마다 찾아오느냐?"

살아생전 가는 사람 오는 사람
끝없이 베푸시더니 해마다 보는
구절초를 키우셔서 산을 오르내리는
눈길이 곱기만 합니다.

"어미야!
너희들을 가서 보는 것도 나들이지만,
해마다 거르지 않고 찾아오니
너 보라고 반가워 예쁜 구절초를 심었다."

꽃들도 바람에 한들한들 흔들며
아버님도 옆에서 반갑다는 듯이
잔잔한 미소로 빙그레 웃으신다.

아스라이 안개처럼 멀어져 가는 해를 보시며
산마루에 행복하게 계신다.

파도에 하얗게 부서지는 입맞춤이
파란 하늘 햇살 쏟아지는 바위섬
비취파라솔 아래 그대와 단둘이
모래알 헤아리며 사랑 노래 불렀죠.

아침에 피는 호박꽃

외줄 타기도 잘하는 호박 넝쿨에
꽃단장한 노란 꽃이
매일 아침 약속이나 하듯
활짝 핀 줄기마다 쭉쭉 뻗어
새끼손가락을 칭칭 감았구나.

해님 보면 안타깝게 시들더니
노을빛에 화사하게 맺었는지
밤새 잉태를 했구나.

파란 줄무늬 옷을 입고 넝쿨 속에 쏙 빠져
배시시 웃고 있는 소녀의 가슴처럼
세상살이 즐겁다는 이야기 늘어지게 하는 것이
얼씨구 좋을시고.

친구야

혼자 낯선 길 다니고 있을 때
어깨 한번 툭 치는 이 있어
깜짝 놀라 돌아볼 때
너라면 얼마나 반가울까!

그렇다면 손을 마주 잡고
힘 나게 흔들며 차갑던 손이
따뜻한 온기를 느끼겠지!

쓸쓸한 낯선 길 저만치 걸을 때
불빛에 묻어오는 친구의 향기
이만하면 괜찮은 하루일세.

고단한 하룻길
찻잔에 모락모락 피어오르는
친구의 향기로움
그래도 살맛이 나네그려.

한 줌 미풍에 내 마음 떠돌다
이 낯설고 삭막한 길에서
남는 것은 사진 속 물든 추억이네.

아로니아와 블루베리 대화

아로니아 아저씨가 잔뜩 땀을 흘리며
산지에서 왔다고 폼 나게 키를 재는데

블루베리 아가씨는 달콤한 향기 풍기며
나는 요토록 달콤하게 감칠맛이 나는데
왜 하필이면 나를 닮아서 힘들게 해!
나는 단맛인데 너는 왜 떫은맛이야?

아! 그것은 노화 방지 눈은 밝아지고
절대 늙지 않은 비결이 특징이지!
너와 동행해야 하는 이유가 있어

나는 떫으니 달콤한 너와 동행해야만
가파른 고갯길 잘 넘어갈 수 있거든.
떫은맛과 단맛, 동글동글 닮은 것이
한잔에 어울려서 폼 나게 키재기 한다고.

가을 하늘

점점 파랗게 높아지는 하늘에는
하얀 뭉게구름이 수를 놓았구려.

어디를 향해 누구를 만나려고 가는지
목적도 없이 덧없이 흘러가는 모습

그대 닮은 모습이 또렷이 보였는데
다른 여인과 속삭이고 있구려.

보고 싶은 이를 찾아가는 걸까
하얀 뭉게구름이 그림도 잘 그리니

어디론가 가는 모습 물끄러미 쳐다보다
다 흩어지고 파란 하늘만 웃네그려.

달개비 꽃

너를 대수롭잖게 본 것은
어린 시절 논두렁 밭두렁
도랑가에 지천으로 피었던 그대가
광복절 날 내 꽃밭에 기별도 없이
군락을 이루어 날 찾아와 피었구나.

남색 꽃잎 펄럭이며 목에 두르고
꽃술도 길게 드리운 노란 암술 깃발 꽂고
붉은 방울토마토 점령군이 되어서
마디마디 강인하고 군락을 이루었구나.

적군을 물리친 풀꽃이 대견해
보고 또 보고 한나절 날 보고 싶어 왔다고
넋두리 풀어놓는 이야기 들어보니 해마다
또 온다고 풀뿌리 단단히 땅에 꽂았구나.

붉은 적군을 물리친 강인한 달개비 꽃
그대 하얀 속살 풀꽃 한 잎에
내 마음 파묻고 숲으로 날고 싶구나.

석류가 익어간다

배꼽 틔어 난 석류가 어김없이
가을 되면 이파리 사이에 숨어서
땅으로 고개 숙인 수줍은 양
발그레 익은 얼굴 세내기의 연정처럼

어른 티 나게 뽐내며 자라더니
툭 붉어진 석류가 노오란 알을 품고
갈바람에 익어간다.

배꼽이 툭 튀어나온 몸으로
알알이 산고 끝에 해산 풀어
세상 구경하던 날

진한 향기 품으려고 항아리에 담겨
달콤한 설탕과 버무려 엉키더니
백일 동안 숙성되어 너 한잔 나 한잔
새콤달콤 사랑차 마신다.

사돈댁 고희연

품위를 갖추신 사돈댁 고희연
지면으로나마 축하드립니다.
딸의 둥지가 행복해 보이는 것이
양가의 행복이 아닌지요.

어린 양들처럼 아빠가 발령이 나면
아빠 따라 휴전선도 마다치 않고
전학하는 것도 익숙해진 손녀들

연회장이면 가족들의 눈을 즐겁게 하는
눈에 넣어도 아프지 않을 살가운 재롱둥이 손녀딸

삶의 질이 달라지는 수도권으로
열 번째 마지막 이주하면서
탄탄한 둥지를 만들기까지
고진감래 끝에 행복을 누립니다.

제목 : 사돈댁 고희연
시낭송 : 박영애
스마트폰으로 QR 코드를 스캔하면
시낭송을 감상할 수 있습니다.

벗은 활력소

너무 멀리도 말고
너무 가까이도 말고
다정한 철로처럼 끝도 보이지 않는
종착이 어디인지 모르지만, 나란히 가자.

재미있을 것 같아!
가다가 돌도 보고
풀잎도 따서 달착지근하게
씹어 보고 말이야!

종착이 바다라면 바다에 빠지고
호수라면 호수에 빠지고
하얗게 핀 찔레꽃도 꺾어 먹고

철길은 항상 다정하듯이
우리도 철로처럼 손을 뻗어
나란히 적당한 거리를 유지하며
잡힐랑 말랑 가자 내 친구야!

매미의 밀어

우거진 여름 한 철 풀숲에는
풀벌레 다정한 이야기가 들리더니
가을이 성큼 오는 길목에서
귀뚜라미 사랑 노래가 시작되고

오케스트라연주 같은
매미의 밀어가 구애하듯 밤낮으로
목청이 아프도록 사랑 타는 소리
가을 속으로 뚝 끊어진 지 오래다.

울창한 나무에는 갈바람에 허물만
벗어 던진 기고만장한 매미의 일생도
겹겹이 긴 터널을 지나
우리 인생과 비슷한 삶이라

쓴맛 단맛 맛보는 살길의 갈림길에서
꾸물꾸물 사라져 버리고
부끄럼 없이 짝을 맺고
생을 마감하는 아쉬운 매미의 여운.

출판 행사 날

지난 16년 12월 10일 그랜드 호텔
출판 기념회 행사장에서
해 뜨는 태양이 온종일 바쁜 걸음으로
기쁨의 사랑 꽃이 핍니다.

이 좋은 날엔 귀인들의 축하를
받으며 손녀들의 재롱이
연주와 율동으로 답례를 합니다.

내 생에 처음 주어지는 주인공
마음껏 핀 풀꽃보다 더 자유로운 날
다홍색 치맛자락이 나부낍니다.

딸의 말, 울 친구들이 엄마 미인이라는데
얼씨구절씨구 기분 댓 길인데
세월이 젊음을 데려가도 마음은 늘 청춘입니다.

청포도의 계절

파랗게 익어가는
청포도가 손짓하는 계절에
젊음을 주우러 가자

익을수록 투명하고
싱그러운 희망이 부르는
칠월이 익어가고 있다.

알알이 영글어
햇살 쏟아지는 계절에
뜨겁게 깊어만 가는 한여름
속살까지 파랗게 물들이러 가자

골격이 살찌운
투명하고 청아한
파릇한 청포도가 푸름을 부른다.

그리운 청춘이
청포도 송이에 주렁주렁 매달려
여물어가는 계절에
젊음을 주우러 가자.

에어컨의 일생

땀을 식혀주는 임이 수명이 다되어
끽끽 꺽꺽 끄르륵 몸부림치는 소리
어디 보자 너도 나처럼 늙었구나.

이제 병원을 가든지 쉬든지 하렴
수년이 지나도록 정들어 아쉽지만
만나면 헤어짐이 우리의 이치거늘

전율이 흐르는 너와 연을 끝내고
창문을 열어보니 훈훈한 바람이
커튼을 펄럭이며 친구처럼 반긴다.

삼배이불 깔고 반듯이 누운 내 얼굴
환히 비치는 둥근달이 소꿉친구처럼
눈부시어 나도 잠들고 너도 가야지!

서리 내리는 늦가을

나뭇잎이 물들어가는 가을이 오면
나도 붉어지는 잎처럼 변색 될까 봐
걱정이 반입니다

서리 맞으면 시리고 아린 늦가을
풀벌레도 어디로 몸을 피했을까
제 갈 길 갔는지 나도 모진 추위 어이 이길까
걱정이 반입니다.

지줄 되던 새들도 제 둥지 찾았는지
갈바람에 낙엽 지는 소리 들리면
내 검정 머리 파뿌리 될까 두려워
또한 걱정이 반입니다.

옛 동무들 소풍날

뿔뿔이 흩어져 삶을 꾸리는 동무들아!

어릴 적 엄마가 정성껏 싸 주신
김밥 덩어리 밥보자기에 둘둘 말아
소풍 갔던 추억이 생각난다.

이제 우리도 더 늙기 전에 가자
한번 떠나 보자 병들고 아프면
그때 가볼 걸 후회하지 말고

손가방 하나 들고 소꿉놀이 소풍 가자
고향 동무들 정성이 살아 숨 쉬는 곳으로
초대장 하나로 우리는 행복하다.

거기는 연인은 없어도 친구와 고향 명물,
흐르는 물 위에 떠있는 외나무다리와
향기로운 옛 동무들 내성천 버들강아지
우리들을 부르는 봄 소풍 가자.

오늘의 뉴스

지방 선거의 달
열사들이 묻힌 선열 공원을 산책하며
금호 강둑을 걷는다.

뉴스도 어떤 날은 밝고 희망적이고
때로는 개떡 같은 뉴스가 평화로운
나라를 망칠 것 같다

시끄럽고 더러운 세상을 온몸으로 불사르고
조국을 지켜 낸 열사들께 민망하다

하늘로 오르신 예수님도 모를 것이고
부처님도 모를 것임을 해탈의 번뇌로
거짓은 구덩이에 묻고 도덕을 일깨우는
좋은 세상에서 속세에 잠드소서.

하얀 마음

희망찬 삶이 아름다운 날
소담스런 안개꽃 한아름
받아본 적 있는가.

입학할 때 졸업할 때
티 없이 맑게 하얗게 피어나는
순박한 안개꽃.

내 품에 마지막 온 것 같은 꽃
내 마음에 머물며
틈틈이 생각나는 너

안개꽃 한아름 받았던
미소 가득한 어제가 그리워
너를 품어 보았다.

"대한창작문예대학"

새벽닭 알리는 핸드폰 알람 소리에
글밭을 가꾸려 활짝 피어난 꽃인 양
초등생 마음으로 가뿐한 종종걸음
내 생이 소중했기에 마냥 즐겁습니다.

서둘러 가는 날은 유일한 금강 휴게소
우리들의 아름다운 쉼터가 되었고
식사시간이면 수초들이 노래하는
금강의 푸름에 추억을 남겼습니다.

강의 시간 되면 물안개 피어나듯
환하게 미소 짓는 교수님들 마주한 우리는
유난히도 웃음꽃 피어나는
정겨운 교실이 눈에 아롱거립니다.

장미

머나먼 길 방랑자 되어
붉은빛에 애틋한 널 품으려
우거진 넝쿨에 활짝 피어난
널 찾았다.

기품 있는 모습으로 다소곳이 핀
천하일색 가인으로 피어난 너는
가시와 푸른 잎이 감싸고 있어
꺾을 수 없는 청순한 장미꽃

가시가 몸에 있어 꽃답다고
이르지 못하나 그 꽃은 오히려
아름답고 맑은 향기가 있더라.

소중한 동반자

늘 푸른 소나무처럼
그 어렵던 세파를 이겨내며
솔잎향기 짙어진 숨결처럼
빛이 되어준 내 사랑

사랑한다는 말은 없어도
눈빛으로 말하는
우리의 필연적 굳어진 사랑

이미 오래전 길들인
그대 사랑에 물들어
은은한 향기 음미하며
소나무처럼 든든한
비타민 같은 내 사랑

산전수전 다 겪으며
모진 세파 이겨 내며
윤활유가 되기까지 행복이란
누가 가져다주는 것이 아니라
스스로 만들어 가는 것을요.

수초 맑은 날

뜬구름 한 점 없는
맑게 개인 날에
태양과 마주 보며
내 삶이 그랬노라고
하소연 흩뿌려
그대가 기다리는
집으로 내가 서둘러
가야 하는 이유가
나의 유일한 그대가
기다리고 있으므로
정확한 그 시간에는
종종걸음 가는 모습
태양이 웃고 있어서
나도 그저 웃지요.

장밋빛 오월

오월에는 산이 부르면 산으로 가고
들녘이 부르면 들판이면 어때요.

풀벌레 매미의 감미로운 노랫소리
새들이 지저귀는 산이 아름답지요.

서쪽으로 가는 어둠 있으면 어때요.
내일이면 다시 해가 뜨는 것을요.

함께한 오월의 장미 한 송이
가슴에 물들면 우리 삶은 보람이지요.

오월은 가정의 달 내 울타리 다녀간 뒤
오색 무지개가 뜨면 오월은 곱디 고와요.

가방끈 우정

우리가 성대한 꽃밭을 함께 일구던 그때
호미 입이 닳도록 고슬고슬 가꾼 보람으로
새삼 이마에 땀방울이 보석이 되어서
다이아몬드처럼 반짝이는 것을 보았소이다.

명품가방은 아니더라도, 이만하면 우리가
가꾸어 놓은 꽃밭에 활짝 웃는 모습이
영원히 시들지 않는, 시기 없는 사랑 꽃으로
사계절 피어나는 무지갯빛을 보았소이다.

풍성한 가을 들녘에 다정한 가방들이여
한때는 젊었지만, 시험은 우리의 가을 축제
노을이 진다면 분명 새 아침 해가 뜨거니
가을빛 여백에 샤방샤방 다정한 사슴처럼
푸른 마음으로 기대어 한세상 꽃피우리.

제목 : 가방끈 우정
시낭송 : 박영애
스마트폰으로 QR 코드를 스캔하면
시낭송을 감상할 수 있습니다.

서울, 대구 찍고, 부산.

세 가족이 년 두 번씩 모이면
그대들 정수박이가 세쌍둥이처럼
도장밥을 찍어놓은 듯 똑같다.

무심코 다정히 길을 걸을 때
뒤에서 당신들 누구시오? 하면
휙 돌아보는 주름진 얼굴
까르르 마음껏 웃는 모습이 좋아요

젊을 땐 만나면 앞날의 설계를 이야기하더니
이제는 골치 아파 농담 먹는 맛으로 인생길 갑니다.

벚꽃 피는 봄

풀잎이 파릇파릇 돋아나는 길섶에
벚꽃이 활짝 웃음 머금고 피었는데
짓궂은 꽃바람이 꽃잎 하나씩 흔든다.

꽃샘추위에 아프게 활짝 틔웠지만
시샘하듯 서릿발 같은 눈초리가
서글프고 버림받은 외로움 감돌아
다시 태어나도 꽃은 되지 않겠다.

이제 곧 꽃비가 높새바람 데려오면
눈발처럼 흩날려 꽃잎은 땅을 덮고
그 슬픔과 아픔은 거름되어
새들이 쉬어가는 우거진 쉼터가 되리.

소중한 인연들

티 없이 소중한 사람을 만나려면
나 자신부터 맑고 소중해야 합니다.

나라는 존재가 이 세상에 없다면
이 아름다운 세상이 어디 있으랴.

행복도 누가 주는 것이 아니라
나 스스로 만들고 다듬어야 함이니
숨 쉬며 살아가는 시간이 소중하고
벗이 있으므로 세상은 더없이 아름다워라.

자연을 벗 삼고 오늘이 친구일지라도
내가 있으므로 아름다운 세상이 꽃피는 것을

둥글게 사는 인생

천국 같은 낙원에서 죽으면
다시 못 만날 우리가 아니던가?
자연에서 불어오는 바람처럼
시들지 않은 풀잎처럼 살아가자.

마음은 비울수록 공간이 넓어지고
네모 난 돌은 담을 쌓기가 쉬우니
둥근달 모양처럼 생긴 돌을 주워
우리의 사랑이라는 글을 새겨보자.

풀잎 돋아나는 소리가 들리면
푸른 마음으로 마음껏 봄을 마시자
봄바람에 여울져가는 해도
그러려니 하고 귓속말로 속삭인다.

고향을 품었다

그대들이 있어서 나는 참 행복합니다.
때 묻은 놋그릇에 정겨운 마음 담았고
고향의 향기 그윽한 사랑이 물들었고
친구들의 노래 연주는 밤이 깊어 가는데

호젓한 언덕에 창문을 바라보며
뒤로하는 내 발길 못내 아쉬움 묻고
꽃씨 뿌린 그대들의 배웅을 받으며
내 어이 잊으리 나의 옛 동무들이여!

내 걸음이 없어질 때까지 지켜 봐주는
때 묻지 않는 끈끈한 옛 동무들
그대들의 진실을 품고 수몰에서
찾아낸 이끼 낀 보석 같은 진실함
아름다운 우정으로 마음속 깊이 새기며
별 헤듯이 떠올리며 내 어이 잊으려나.

지공 대사

내가 혜택 받을 수 있는 것은
지하철 공짜 신분증으로 인식하는
오늘부터 정부가 정해준 토큰으로
나이테가 꽉 찬 무임승차를 합니다.

2017년 일천이백 원
돈으로 보면 고작 빵 한 개 값이지만
내게도 무료제공 받는다는 것
살다 보니 이런 일도 신기합니다.

나는 이 나이까지 살아오면서
세상에 공짜는 없다, 내복에 공짜라니
막상 타보니 신선한 냄새가 아닌
노인으로 낙인이 찍혀서 씁쓸한 생각도 듭니다.

새 단장 수영장

수영장이 녹슬어 7개월 동안
물로 다진 친구들과 아쉽게
흩어졌다가 새로 단장한 수영장에
옛 친구와 다시 만났죠.

물보라가 일어나는 물속으로
사랑하는 동요들과 함께 만나
신나게 운동하고 돌고래도 되었다가
개구리도 되었다가 마침표를 찍은 후

샤워장에 나오면 따뜻한 체온기에 몸을 녹이며
잠시 남자처럼 서서 짜릿한 생리적인 현상
우리들은 알죠.

정년퇴임 축하

2017년 2월 28일
명예롭게 퇴임하는 날
모락모락 안개꽃 피어나듯
아름답게 피어오르는 꽃바구니도
주인공 닮아서 방긋방긋 웃네요.

26년 봉사 정신으로 천사들 건사하랴
땀 흘린 보람이 화분에서
고운 꽃이 마음과 같이 피었구려.

별들이 총총 불 밝히듯
보면 볼수록 듬직하고 변함없는 마음
축배 한잔에도 진실이 번지는
신토불이 뚝배기 같은 마음씨
향기로운 그대를 본답니다.

천사들의 티 없이 맑은 눈동자
심선생의 변함없는 그 마음을
울적하게 한 것도 예쁜 마음씨와
심선생의 수고가 담겨있기 때문입니다.

친구들아!

파란 하늘에서 유성처럼
들려오는 친구들아!
봄은 벌써 우리의 만남을 재촉하는
그리운 고향에는 노란 개나리꽃 손짓하고
산들바람 불고 있는 것 느껴지니?

언덕 위에 신토불이 통나무집
너희들 맞이하려고 애써 장만한
그리운 고향 지킴이 친구들

운동장 모퉁이에 땅따먹기 하던
추억이 뇌리를 스치고
외나무다리 원수도 비켜갈 수 없는
물에 잠긴 광경을 한눈에 볼 수 있단다.

고향 동무들의 성의를 생각해봐
늙기 전에 한번 설레어봐
고향은 새로운 까마귀의 기쁨이야.

풍요로운 햅쌀

지난여름 가뭄에 목말라도
하얀 꽃을 피우며
알알이 영글어 익어낸
벼를 보노라면 넓은 들녘
양식이 되어줄 금싸라기 논

내 생명줄 핏기 되어
천둥과 번개에도 이겨낸
가련한 내 생명줄.

까칠한 옷을 벗고 포대기에 담아
밥상까지 오느라 얼마나 아팠으리.

하얀 햅쌀로 태어나기까지
숱한 산고 치르고
살기 위해 먹어야 하는 생명줄
귀하디귀한 고소한 햅쌀이더라.

껍질의 분석

토기 잔에 그려진 여러 종류의 껍질의
성향과 각질을 분석하며 명상에 잠긴다.

껍질을 벗기지 않고 먹어도 되는 과일
토마토가 채소에 속하니 좋다

포도는 껍질째로 먹어도 되기 때문에
분리수거에 도움이 되어서 좋다

빼놓을 수 없는 사과는 깨끗이 씻어서
껍질째로 먹으면 아삭아삭해서 좋다

풋대추도 익으면 달고 햇빛에 말리면
약방 감초로 늙을수록 사랑받아서 좋다

꽃피는 춘삼월

꽃피는 봄이 오는 소리
강남 갔던 제비들 돌아오고
나도 그때 꽃으로 태어났죠.

실바람 살랑살랑 속삭이는
벌과 함께 놀아 주고 싶어서
나도 그때 꽃이 되어 생겼죠.

새들도 나뭇가지도 기지개를 켜며
아지랑이 가물가물 피어나는 봄
싹 트는 봄이 사랑이라는 것 알았죠.

나 그대의 꽃으로 피어나 행복합니다.

정월 보름달

滿月(만월)!
중천에 휘영청 떠오른 축제의 밤
찌그러진 시린 구름 다 떠나가고
한적한 하늘의 주인이 된 정유년 보름달.

까만 밤에 침묵의 상념을 지키며
속이 꽉 찬 찰기 가득 먹은 보름달.

소망을 이루게 한다면
보석 상자에 넣어 고리를 만들어
내 목에 칭칭 감고 사랑하겠어.

마음에 품어보려 흠모하려는 사람들
모두 다 핑계치고 내 품에 안기려고
찾아온 너를 벗인양 품을까.

찰기 먹어 만삭된 살찐 배가
불룩 나온 보름달이 얼마나 해맑은가!

평은초 총 동창회

동심을 깔아놓은 풀밭에서 청순하고 담백한
하얀 마음들이 웃음꽃 피는 우리들의 향수
하나가 되는 평화로운 행사장
오늘의 향기로운 추억이 산허리 감았구려.

연둣빛 우거진 신록의 계절
천년의 맹세로 파란 추억으로 멍든 내성천
찔레꽃 하얗게 핀 우리들의 고향에는
눈 부신 태양이 오늘의 행사장 축복이구려.

사랑하는 동문님 들이여!
젊음이 어디 청포 밭에만 있으리오.
추억이 콕콕 박힌 열두 마을 휘감던 내성천
우리들의 물장구치던 놀이터가 아니던가.

청순한 그리움, 연녹색 생동감 풀어놓은
이곳이 정녕 값진 보석보다 더 빛나는
어린 동심이 콕콕 박힌 추억으로 겹겹이 쌓였구려.

제목 : 평은초 총 동창회
시낭송 : 박영애
스마트폰으로 QR 코드를 스캔하면
시낭송을 감상할 수 있습니다.

설날 아침

유교로 뿌리내린 우리 가문은
조율이시 상차림으로
조상님을 모셔 제사를 올린다.

늘 그랬듯이
새 단장을 하고 형님 댁으로
햇빛 따라 하얀 마음을 담고
우리 아이들과 함께 힘차게 설맞이 한다.

늘 그랬듯이
형제들과 덕담을 나누고
큰댁 내실에 깔아놓은 꽃방석에 앉아
동서들과 어깨를 나란히 하고 세배를 받는다.

늘 그랬듯이
고사리손들이 예쁘게도 상큼상큼 다가와
꽃봉투를 받아들고 기뻐하는 모습이
티없이 맑아 보이는 것이 아름답다.

늘 그랬듯이
차례를 끝내고 나의 안식처로 오면
내 울타리 둥지들과 정겹게 모여앉아
새로운 정유년 한해를
희망찬 덕담으로 맞을 수 있는 것이 참 행복이다.

죽마고우 친구야!

건강하더니 병원에 입원할 줄 몰랐네.
이거도 나이라고 건강에 붉은 신호는
자연의 법칙이야!
너무 쓸쓸해하지 말고
그렇다고 약해지면 안돼

아침에 창문을 활짝 열어봐
낮에는 해가 창틀로 찾아갈 것이고
밤에는 달이 아파하는 시술한 마음을
매만져 빨리 아물게 해 줄거야.

산들바람이 아픈 몸을 감싸 주고
햇살 쏟아지면 마음껏 마셔봐
쳇바퀴 돌아가는 생활에서 길이 멀다는
이유 갖지 않는 그런 이유 있잖아.

인생살이가 마음대로 되지 않을 때는
나도 어떤 것이 내 삶의 질을
유지해야 하나 고민에 빠지기도 해
빠른 시일 내에 쾌유를 바란다.

편견 없는 세상

머나먼 나라 후진국 탐방 길에
욕심 없는 선량한 사람들의
그 문화를 체험하면서

우리나라에서 매일 보는 해님이
귓속에 쏙 들어와 소곤소곤
이야기하더이다.

편견 없이 둥글게 보면 행복하다고
모난 마음은 자신이 힘들다고
이야기하더이다.

그래서 나는 구겨지고 모난 마음을 깎아
선입견 없는 둥근 마음 갖기로 했소이다.

방학은 즐겁다

어린 시절 여름 방학 때면
동무와 옥대 차기를 많이 해서
오른쪽 신이 발가락이 쏙 나와
엿장수 벗어주고 엿 한가락
얻어먹을 땐 좋았다.

다 먹고 나면 엿 같은 시간이다.
꾸중 들을까 겁이나 대문에 서성이다
내성천 물에 떠내려갔다고 거짓말하고
새로 사주신 꽃신이 아까워 들고 다녔다.

긴 겨울밤 형제들과 둘러앉아
엿 가락을 하나씩 들고 부러트리면
구멍이 크게 뚫린 것이 일등이다

운 좋게도 내가 많이 먹도록
언니들이 어리다고 봐준 것
같아서 아름다운 추억이다.

그것도 추억이다

시골 초등학교 입학을 하고
1학년 여름 방학 때 잘 나가는
오빠가 대구에서 오셨다

동네 친구들 만나러 간 사이
오빠 방에 들어가 호주머니에
10환을 꺼내어 잡화 집 껌을 샀다

대구에서 오신 오빠께 돈 얻었다고
동무들께 자랑 치며 나누어 주고
씹던 껌을 버리기 아까워
벽에 붙였다가 들켜버렸다

엄마가 바른말 하라고 회초리를 들고
종아리가 빨간 멍이 들도록 때려서
내 것이 아니면 나쁘다는 걸 깨달았다.

옛날이야기

내가 어린 시절 한적한 시골에는
산짐승이 많아서 밤 되면 무서워
마당에도 못 나가고 아랫목에
해가 솟아오를 때까지 솜이불에 파묻힌다.

새벽엔 족제비가 닭장을 호시탐탐 노리고
부모님은 닭들이 우는 소리에 놀라
초롱불 들고 닭장에 들어갔을 땐
이미 목을 물어서 죽어 있으면
아침 밥상에 동네 분들과 함께
육개장을 끓여 진수성찬이다.

늑대가 밤중에 내려와 송아지 노린다고
설 잠을 주무시던 아버지는 마구간 지키고
나는 무서워 엄마 품에 숨어서 잠들던
호랑이 담배 피우던 옛날이야기.

목화밭

7살 되던 해 십리 길 되는
조골산 밑에 부모님이 일구신 산전 옥답 따라가
엄마는 하얗게 피어난 목화 꽃 따시고
나는 머루와 산딸기 따 먹고
입술이 빨갛게 앵두 되었네.

세월 속에 사라져간 목화밭
가을 하늘 하얗게 피어난
뭉게구름 주어서 목화 이불 만들어
겨울밤 아랫목에 따뜻하게 펴 놓고
울 엄마 추억 따라 목화밭 찾아간다.

"베스트셀러작가상"

장엄한 태양이 丙申年을 자랑합니다.

버금가는 상을 기쁨으로 받던 날
감격의 들뜬 마음이 하얗게 뿌리내려
후대의 값진 보물이 되어
가족과 영광을 나누고

내가 숨 쉬고 살아가는 이유가
등대지기처럼 지켜주는 반려자
제2의 부모가 되어준 그대입니다.

프로필 친구가 된 상패는
빛나는 보석처럼 보관 되었다가
어느 날 갑자기 꽃바람에 흩어지면
후손의 '가보'로 영원할 것입니다.

내 고향 깊으실

굽이굽이 흐르는 내성천
우리가 몸 감고 물놀이하던
밤낮 쉬지 않고 흐르는
물소리 들린다.

금광이 고개 넘어
기차가 뚜뚜 기적을 울리면
내 친구 부르는 소리 들린다.

아직도 내 마음에 여운이 남아
생동감 나게 살아 숨 쉰다.

찔레꽃 꺾어 먹고 진달래 피는
언제나 다정했던 그때 그 시절

파랗게 물든 추억
수몰된 물속에 묻어두고
매일 하나씩 꺼내보자.

친구야

나는 두 곳에 고향이 있어
한 곳은 내가 태어나서
십 년을 살았고

또 한 곳은 열 살부터
겨우 5년도 못산 것 같아
그렇지만 십 년 살아온 곳은
내가 태어난 고향이고

두 번째 살아온 곳은
철이 좀 들어서 살았기에
추억이 많이 기억되고

처음 곳은 기억이 어렴풋하기 때문에
생각하면 내 고향이
두 곳이라는 것 참 색다른 일이야

그래서 어떤 곳이 더 중요한지
지나가는 바람께 물어봤어
그런데 바람은 이곳저곳 중요하다는
이야기를 할 줄 모르나 봐

똑같은 소중한 곳이라고
이야기하고 있어서
나도 그렇게 하기로 했어.

목련화

너와 나의 인연이란 이야기는
티 없이 맑디맑은 순결함이다.
웃음 머금고 마른 가지에 피어나서
하얀 사랑을 갈망하며 지는 아픔.

너의 향기 천년만년 품으려면
피고 지고 못다 한 그리움 때문에
화선지에 남기려고 순백한 모습을
밤새워 붓으로 긋고 목련화를 피운다.

4형제 둘째 언니야!

이제 큰언니도 하늘나라로 가시고
그 빈자리를 채워주고 살가워 해주는
언니가 있어서 참으로 행복한데
몸을 아꼈으면 하는 바람이야

우리의 인생도 해는 서산으로 기울고
창문 넘어 비치는 굽은 눈썹달이
우리 언니 굽은 허리 같아 안쓰럽게
보여서 그믐달을 보는 순간 슬프네.

허리 굽은 우리 언니랑 닮아서
안타까워 눈으로 안마를 했더니
초승달처럼 환하게 웃는 모습이
멋진 우리 언니구려

조실이 언니야! 아프면 때늦은 후회
한 줌의 흙으로 돌아갈 우리 인생
살아생전 사는 날까지 고운 날 보내며
아프지 않은 것이 아랫대의 선물이라네.

제목 : 4형제 둘째 언니야!
시낭송 : 박영애

스마트폰으로 QR 코드를 스캔하면
시낭송을 감상할 수 있습니다.

사랑과 미움

사랑이란 달콤한 단어는 누가 만들었을까!
생각만 해도 내 마음에 북소리는
가슴 벅차도록 울린다.

미움이란 까칠한 단어는 누가 만들었을까!
생각만 해도 내 마음에 징소리는
가슴이 미어지게 운 -다.

분홍빛 사랑은 봄바람을 타고오고
검은빛 미움은 흘레바람 타고 온다.

얼굴은 화장으로 가릴 수가 있지만 〈후렴〉
마음은 무엇으로 가릴 수가 있나요
내 마음속 심장에 자라나는
사랑과 미움이라는 친구와 평생을 살아간다.

제목 : 사랑과 미움
작곡, 노래 : 정진채
스마트폰으로 QR 코드를 스캔하면
노래를 감상할 수 있습니다.

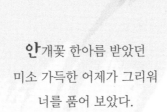

안개꽃 한아름 받았던
미소 가득한 어제가 그리워
너를 품어 보았다.

인생
이모작

석옥자 제2시집

2019년 3월 4일 초판 1쇄

2019년 3월 8일 발행

지 은 이 : 석옥자

펴 낸 이 : 김락호

디자인 편집 : 이은희

기 획 : 시사랑음악사랑

연 락 처 : 1899-1341

홈페이지 주소 : www.poemmusic.net

E-Mail : poemarts@hanmail.net

정가 : 10,000원

ISBN : 979-11-6284-094-8